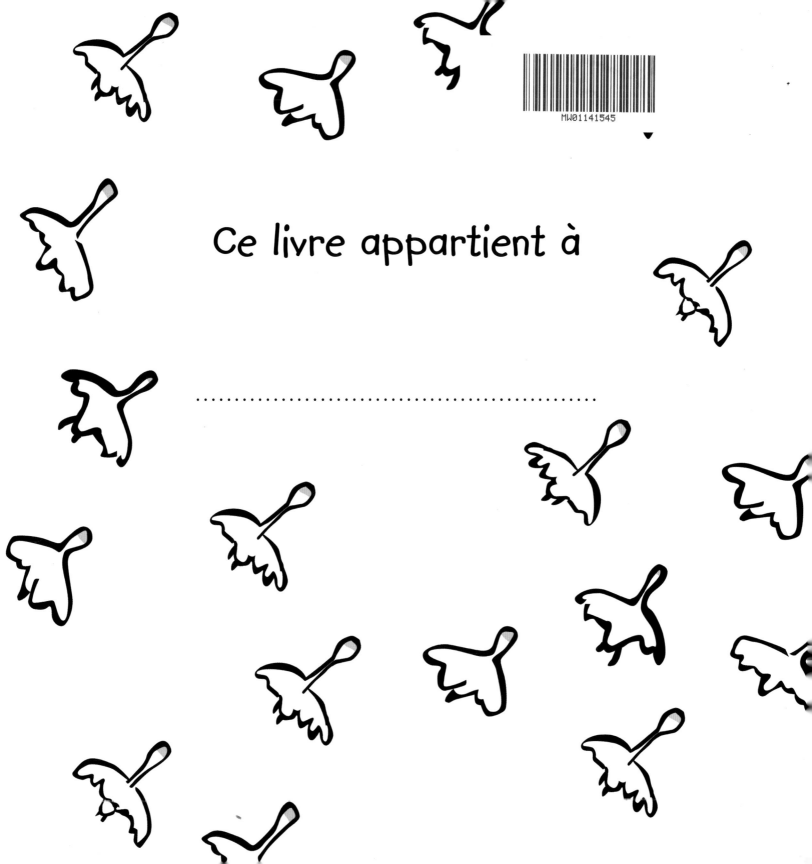

Ce livre appartient à

....

Pour les enseignants qui m'ont inspirée ainsi que les amis et les membres de ma famille qui m'ont toujours soutenue. Vous vous reconnaîtrez.

Catalogage avant publication de Bibliothèque et Archives Canada

Wall, Laura
[Goose goes to school. Français]
Gédéon va à l'école / Laura Wall; traducteur, Kévin Viala.

Traduction de : Goose goes to school.

ISBN 978-1-4431-3282-4 (couverture souple)

I. Viala, Kévin, traducteur II. Titre. III. Titre : Goose goes to school. Français.

PZ23.W3538Gev 2014   j823'.92   C2013-907942-4

Édition publiée par les Éditions Scholastic, 604, rue King Ouest, Toronto (Ontario) M5V 1E1, avec la permission d'Award Publications Limited.

5 4 3 2 1   Imprimé en Chine CP157   14 15 16 17 18

Gédéon va à l'école

Laura Wall

Texte français de Kévin Viala

Éditions
SCHOLASTIC

Aujourd'hui, Sophie va à l'école.

Mais Gédéon ne peut
pas l'accompagner.

La maman de Sophie dit que

les jars ne vont pas à l'école.

Sophie prépare ses affaires.

Sophie et sa maman vont à l'école à pied.

— Au revoir, Gédéon!

Mais en chemin, Sophie croit entendre

des bruits de pieds palmés derrière elle.

Et une fois dans la cour de l'école...

elle croit apercevoir une tête familière.

Mais ce ne peut pas être Gédéon.

La maman de Sophie a dit que les jars n'allaient pas à l'école.

Sophie entre dans la classe

et s'assoit à son pupitre.

Sophie commence par apprendre l'alphabet.

Elle essaie de se
concentrer, mais Gédéon lui manque.

Oh là là! Qu'y a-t-il sur le bureau?

G comme...

— Dépêche-toi, Gédéon! Cache-toi
sous mon pupitre.

Les élèves pouffent de rire,

G comme...

et l'enseignante se fâche.

Quand elle se retourne,
elle ne voit pas Gédéon.

Puis la cloche sonne et tout le monde
se précipite dehors pour jouer.

Sophie et Gédéon jouent ensemble.

Très vite, les autres enfants veulent jouer avec Sophie et Gédéon, eux aussi.

C'est tellement amusant de
jouer avec Gédéon!

Quand la récréation est terminée,

Sophie retourne en classe.

Et Gédéon s'en va jouer
sur les balançoires

en attendant la fin de la journée d'école.

L'après-midi, tout le monde fait un dessin.

L'enseignante trouve les dessins très réussis.

Elle les accroche aux murs de la classe.

Quand l'école est finie, Sophie attend

sa maman avec ses nouveaux amis.

Ils lui demandent si Gédéon
reviendra à l'école le lendemain.

— Qu'en penses-tu, Gédéon?

— Coin! dit Gédéon.